# CANTIQUES

DÉDIÉS

## A la Société des Ouvriers,

PAR UN DE LEURS AMIS

## L. E.

Vend au profit des Apprentis.

PRIX : 25 c.

# CANTIQUES

DÉDIÉS

## A la Société des Ouvriers,

PAR UN DE LEURS AMIS

## L. E.

**Se vend au profit des Apprentis.**

**PRIX : 25 c.**

# LA PRIÈRE.

AIR : *Quand l'eau sainte du baptême.*

Quand le jour tout près de naître
Commence nos durs travaux,
Nous prions le divin maître
D'avoir pitié de nos maux :
    Dieu notre père
Qui régnez seul dans les cieux,
Vos enfants sont malheureux,
Prenez pitié de leur misère.

## LE CHOEUR.

    Dieu de nos pères
Sois notre appui, notre amour ;
Nous t'invoquons chaque jour :
Ne rejette pas nos prières.

Quand le soir tous nous rassemble
Selon l'usage chrétien,
Nous invoquons tous ensemble
Le bon Dieu, notre soutien :
    Dieu de clémence,
Pardonnez-nous nos défauts,
Protégez notre repos,
Et soulagez notre souffrance.

## LE CHOEUR.

Dieu de nos pères
Sois notre appui, notre amour;
Nous t'invoquons chaque jour :
Ne rejette pas nos prières.

# LE DIMANCHE.

AIR : *Sur les apôtres assemblés.*

Voici le jour où le Seigneur
Par le repos veut qu'on l'honore;
Voici le jour où le Sauveur
Sur son autel veut qu'on l'adore.
Chrétiens, suspendons nos travaux;
Malgré l'exemple de nos frères,
Nos bras ont besoin de repos, } *bis.*
Nos cœurs ont besoin de prières.

Nous venons sans respect humain
Pour que le bon Dieu nous bénisse :
Selon le précepte divin,
Assister au saint sacrifice.

Offrons nos peines, nos travaux
Au Dieu qui connaît nos misères ;
Nos bras ont besoin de repos,      } *bis.*
Nos cœurs ont besoin de prières.

Six jours nous creusons le sillon ;
Aujourd'hui notre voix réclame
Du Dieu qui donne la moisson
Le pain du corps, le pain de l'âme.
Quoi qu'en puissent dire les sots,
Comme au bon vieux temps de nos pères,
Nos bras ont besoin de repos,      } *bis.*
Nos cœurs ont besoin de prières.

O Dieu ! dont le joug est si doux,
Éclairez de votre lumière
Ceux qui ne songeant plus à vous
Ont oublié qu'ils ont un père.
Pour qu'ils supportent mieux leurs maux,
Dans ce temple amenez nos frères :
Leurs bras ont besoin de repos,      } *bis.*
Leurs cœurs ont besoin de prières.

# ACTE DE FOI.

AIR : *Permettras-tu que ton culte périsse.*

Soyez béni, Dieu qui m'avez fait naître
Sous le flambeau de votre sainte loi ;
Je crois en vous, qui m'avez donné l'être ;
Je crois en vous, mais augmentez ma foi.

Enfant soumis de l'Église, ma mère,
J'accepte en tout sa doctrine et sa loi ;
Elle est mon guide et ma seule lumière :
Je crois, Seigneur, mais éclairez ma foi.

Pour que ma foi ne soit jamais stérile,
Mon Dieu, daignez agir vous-même en moi ;
Sur vos leçons réglez mon cœur docile :
Je crois, Seigneur, mais fécondez ma foi.

# ACTE D'ESPÉRANCE.

AIR : *Esprit-Saint, descendez en nous.*

Mon Dieu ! croire, espérer en vous, (*bis.*)
Pour le cœur d'un chrétien c'est le bien le plus doux.

De peur qu'il tombe en défaillance,
Connaissant notre pauvre cœur,
Vous nous commandez l'espérance,
Divin consolateur !
Mon Dieu ! croire, etc.

Nous espérons, malgré notre misère,
Malgré le monde et l'enfer en courroux,
Au nom du Christ mort pour nous au Calvaire,
Seigneur, nous espérons en vous !
Mon Dieu ! croire, etc.

Nous espérons qu'à notre heure suprême
Votre clémence ayant pitié de nous,
Nous ouvrira le ciel où l'on vous aime,
O Dieu, la bonté même !
Mon Dieu ! croire, espérer en vous, (*bis.*)
Pour le cœur d'un chrétien c'est le bien le plus doux.

## ACTE DE CHARITÉ.

AIR : *Mon bien aimé ne parait pas encore.*

Dieu qui m'aimez d'une tendresse extrême,
Je veux enfin vous payer de retour.
Beauté suprême,
Source d'amour !

Mon pauvre cœur à vous seul pour toujours,
Par-dessus tout vous chérit et vous aime.

Vous m'ordonnez d'aimer comme moi-même
Les compagnons de ce triste séjour ;
Bonté suprême,
Source d'amour !
A votre loi j'obéis sans détour,
Et désormais pour vous seul je les aime.

## ACTE DE CONTRITION.

AIR : *Est-ce vous que je vois.*

Grand Dieu que j'oubliais au fond d'un triste abîme,
Je viens enfin à vous, poussé par le remord ;
Confus, anéanti sous le poids de mon crime,
J'implore le pardon : j'ai mérité la mort.

J'ai mérité l'enfer par mes longues offenses,
Ah ! ne me traitez pas selon votre courroux ;
Mais cette fois encor de vos justes vengeances,
Au nom de mon Sauveur épargnez-moi les coups.

Malgré tous vos bienfaits, ô bonté tout aimable,
J'échappai trop longtemps à votre joug si doux :
Ah ! daignez pardonner à ce cœur trop coupable,
Et je veux désormais vivre et mourir pour vous.

# SAINT-JOSEPH.

AIR : *Vous qu'en ces lieux.*

O Saint patron du modeste ouvrier,
  A Marie, à Jésus fidèle,
D'un Dieu fait homme, ô père nourricier,
  Soyez toujours notre modèle.
Soumis en tout sans jamais murmurer
  Aux décrets de la providence,
Mieux que nous vous saviez endurer
  Tous les soucis de l'indigence.
    O saint patron, etc.


Un dur travail épuisait votre corps,
  Sans jamais donner la richesse ;
Mais votre cœur ravi de saints transports,
  Vers l'Éternel montait sans cesse.
    O saint patron, etc.


Votre famille était votre trésor,
  Était votre seule allégresse ;
La paix du cœur, bien préférable à l'or,
  Était votre seule richesse.
    O saint patron, etc.

Parfois le soir quand vous n'en pouviez plus,
Après votre tâche remplie,
Pour être fort, vous pensiez à Jésus,
Et puis vous regardiez Marie,
O saint patron, etc.

Bon saint Joseph, daignez nous obtenir
D'imiter votre sainte vie ;
Et de redire au moment de mourir,
Les noms de Jésus, de Marie !
O saint patron, etc.

## LA SAINTE-VIERGE.

*Air nouveau de M***.*

Salut, ô Marie
Mère du Sauveur,
Vous êtes bénie
Par le Créateur.

Mère tout aimable,
Soyez favorable,
Au pauvre ouvrier
Qui vient vous prier.

LE CHŒUR.

Mère tout aimable, etc.

Votre main puissante
Répand des torrents
De grâce abondante,
Sur tous vos enfants.
Mère tout aimable, etc.

Dans notre ménage,
Fécond en douleurs,
Votre douce image
Réjouit nos cœurs.
Mère tout aimable, etc.

Quand notre faiblesse
Succombe en chemin,
A notre détresse
Vous tendez la main.
Mère tout aimable, etc.

O chaste Madone,
Priez votre Fils,
Afin qu'il pardonne
A nos cœurs contrits.
Mère tout aimable, etc.

Belle arche d'alliance,
Détournez les coups,
Calmez la vengeance
Du ciel en courroux.
Mère tout aimable, etc.

Brillez sur nos têtes,
Astre du matin ;
Du Ciel où vous êtes,
Montrez le chemin.
Mère tout aimable, etc.

Du ciel souveraine,
Soyez dès ce jour,
Soyez notre Reine,
Soyez notre amour.

Mère tout aimable.
Soyez favorable,
Au pauvre ouvrier
Qui vient vous prier.

# LES PAQUES.

AIR : *Célébrons la victoire.*

Voici la grande fête,
Chrétien, réveille-toi,
Et que ton cœur s'apprête
A confesser sa foi.
Ton Sauveur te convie
A son banquet divin,
Reçois le pain de vie,
Ou tu n'es pas chrétien.
Allons, pour célébrer cette Pâque nouvelle,
Retrempons notre foi dans le sang du Sauveur ;
Jurons, qu'au saint autel, notre troupe fidèle,
Au moins une fois l'an, recevra son Sauveur.
    Allons, pour célébrer, etc.

Mais à la sainte table,
O ciel ! n'imitons pas
Le crime abominable,
Le baiser de Judas.
Pour qu'il nous soit propice,
Dieu lui-même l'a dit,
Offrons en sacrifice
Un cœur pur et contrit.
    Allons, pour célébrer, etc.

De votre âme immortelle,
Ayez pitié, pécheurs;
Le Sauveur vous appelle,
Ne fermez pas vos cœurs.
Au bon Dieu, votre père,
Ayez enfin recours;
Au repentir sincère,
Il pardonne toujours.
Allons, pour célébrer, etc.

## L'OUVRIER CHRÉTIEN.

AIR : *Un grenadier c'est une rose.*

Je suis chrétien, et ma conduite
Doit toujours répondre à ma foi.
De ses devoirs mon âme instruite
Du bon Dieu respecte la loi.     (*bis.*)
Il m'a placé sur cette terre
Pour travailler et pour lui plaire;
Je bénis son décret divin :
Tout ce qu'il fait est toujours bien.

Voilà (*4 fois*) le compagnon chrétien.
Voilà (*4 fois*) le compagnon chrétien.

J'ai bien du mal, bien de la peine
A gagner mon pain tous les jours;
Mais afin que Dieu me soutienne
Mon cœur l'appelle à mon secours.
Je sais que Jésus sur la terre
Vécut pauvre et dans la misère
Pour apprendre à tout bon chrétien
Qu'à ses yeux l'or est moins que rien.
    Voilà, etc.

Jamais jaloux, et jamais traître
Aux compagnons de l'atelier;
Pour plaire à Dieu, mon premier maître,
Je fais de mon mieux mon métier.
Si j'entends l'horrible blasphême,
J'adore, et je prie en moi-même
Du ciel le maître souverain
De pardonner à ce païen.
    Voilà, etc.

Du lundi le funeste usage
Me trouve rebelle à sa loi;
Le dimanche je rends hommage
Au Créateur selon ma foi.
Je fuis les lieux où l'on outrage
Le Dieu qui soutient mon courage;
J'entends la messe en bon chrétien,
N'en déplaise au respect humain.
    Voilà, etc.

A la maison, plein de tendresse
Pour tous ceux que je dois soigner :
J'apporte toute la richesse
Que ma semaine a pu gagner.
Malgré les soucis, la misère,
Jamais de gros mots, de colère :
La paix est le premier des biens,
Et je la donne à tous les miens.

Voilà (*4 fois*) le compagnon chrétien.
Voilà (*4 fois*) le compagnon chrétien.

Paris. — Imprimerie de A. APPERT, passage du Caire, 54.

Paris.— Imprimerie de A. APPERT, Passage du Caire, 54.